Para as minhas filhas
e para todos os brasileirinhos
no Brasil e no mundo.

1ª Edição (Capa Comum)

A canoa virou (Histórias e Cantigas)
ISBN: 978-1-949363-78-4
LCCN: 2021937845

Escrito por Ana Cristina Gluck e ilustrado por Ana Paula Azevedo
Revisão de Vero Verbo Serviços Edit. LTDA-ME.

Publicado pela ABC Multicultural LLC.
P.O. Box 734, South Amboy, NJ, EUA

www.abcmulticultural.com

A sua opinião é muito importante para nós e para outros leitores.
Por favor, avalie este livro na Amazon e nos ajude a divulgá-lo para
outras pessoas. Agradecemos seu apoio.

Escrito por
Ana Cristina Gluck

A CANOA VIROU

Ilustrado por
Ana Paula Azevedo

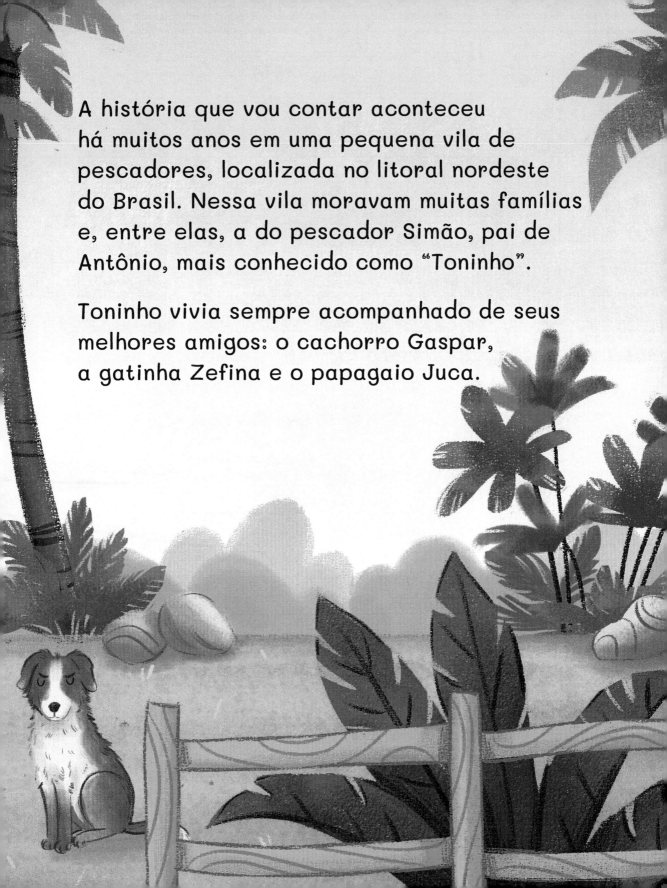

A história que vou contar aconteceu
há muitos anos em uma pequena vila de
pescadores, localizada no litoral nordeste
do Brasil. Nessa vila moravam muitas famílias
e, entre elas, a do pescador Simão, pai de
Antônio, mais conhecido como "Toninho".

Toninho vivia sempre acompanhado de seus
melhores amigos: o cachorro Gaspar,
a gatinha Zefina e o papagaio Juca.

Certo dia, Toninho pediu ao pai dele para sair com a canoa e ir pescar no litoral. O pai respondeu que "o mar não estava bom pra peixe" e era melhor esperar. O menino não gostou da resposta. Ficou parado, pensando, com Gaspar, que escutara toda a conversa, ao lado dele...

Toninho, porém, teimoso como ele só, resolveu pescar assim mesmo. Contrariando os conselhos do pai, pegou a canoa e falou para a gatinha Zefina: "Venha comigo pescar e um peixe vou te dar!"

A gatinha, que estava com fome, mas também com medo de ir sozinha com o menino desobediente, falou para o papagaio Juca: "Venha comigo pescar e uma minhoca vou te dar!"

O papagaio não gostava muito de minhocas...
mas adorava uma fofoca! Então, ele foi voando,
contar tudo para Gaspar, que ficou muito
bravo, mas também muito preocupado com a
desobediência de seu dono!

O cachorro foi correndo e latindo atrás de Toninho para impedi-lo de entrar no mar, mas era tarde demais! O menino já estava, com a gatinha e o papagaio, dentro da canoa, que, por sua vez, já estava na água. Gaspar só teve tempo de pular e embarcar com os amigos nessa grande aventura.

Após alguns minutos, eles entenderam por que o pai de Toninho havia dito que "o mar não estava bom pra peixe"... As águas estavam turbulentas, com ondas fortes, pareciam um furacão! O cachorro Gaspar olhou para todos e latiu: "au, au, au!".

Toninho era um ótimo pescador e sabia muito bem como usar sua vara de pesca. Porém, tremeu de medo quando viu que a canoa começou a balançar. Tremeu tanto que caiu quando a canoa bateu em uma pedra e ele não conseguiu se segurar.

Zefina correu e socorreu Toninho, pegando o remo do lado direito da canoa. Juca voou e segurou o outro remo, do lado esquerdo. E ambos começaram a remar. Ao se levantar, o menino disse: "Nossa! Que susto! Acho que agora estamos fora de perigo"... mas o perigo maior ainda estava para chegar.

Poucos minutos se passaram e a canoa voltou a balançar. Gaspar avistou uma grande onda vindo na direção deles e começou a latir: "au, au, au, au!!!". Todos ficaram apavorados e correram para segurar os remos. No meio daquela confusão, ninguém se segurou e a canoa virou. O mar estava cheio de siris! Era siri pra cá, siri pra lá, siris para todos os lados! O menino, a gatinha e o papagaio começaram a afundar no mar.

Vendo seus amigos em grandes apuros, Gaspar, que era o único que sabia nadar bem, desvirou a canoa e pegou os remos rapidamente. Em seguida, mergulhou no fundo do mar e salvou cada um de seus amigos. Todos voltaram para a canoa sãos e salvos!

Toninho, apesar de assustado, ficou bravo com os amigos e disse que a canoa virou por causa da gatinha, do papagaio e do cachorro, que não souberam remar.

Ahh! Foi então que Gaspar ficou bravo também! Ele latia e latia: "au, au, au, au, au, au!!!". Ele não achou justo que Toninho culpasse os amigos dele pelo que tinha acontecido. Se o menino não tivesse sido tão teimoso e insistido com todos para entrar na canoa e ir pescar, tudo estaria bem.

Toninho percebeu seu erro, mas não o reconheceu e, simplesmente, remou de volta para casa em silêncio e mal-humorado.

Ao chegarem em casa, o pai de Toninho percebeu que todos estavam molhados e que a canoa estava quebrada. Com a voz grave e muito sério, perguntou ao filho: "O que aconteceu, Antônio?" E o menino respondeu, cantando assim:

A canoa virou
Por deixá-la virar
Foi por causa da gatinha
Que não soube remar.

Se eu fosse um peixinho
E soubesse nadar
Eu tirava a gatinha
Lá do fundo do mar.

Siri pra cá, siri pra lá,
A gatinha não sabe nadar!

A gatinha Zefina afiou as garras, levantou os bigodes e respondeu àquela acusação, cantando assim:

A canoa virou
Por deixá-la virar
Foi por causa do papagaio
Que não soube remar.

Se eu fosse um peixinho
E soubesse nadar
Eu tirava o papagaio
Lá do fundo do mar.

Siri pra cá, siri pra lá,
O papagaio não sabe
nadar!

O papagaio Juca afiou o bico,
levantou as asas e respondeu
àquela acusação, cantando assim:

A canoa virou
Por deixá-la virar
Foi por causa do menino
Que não soube remar

Se eu fosse um peixinho
E soubesse nadar
Eu tirava o menino
Lá do fundo do mar

Siri pra cá, siri pra lá,
O menino não
sabe nadar!

E, para acabar
com aquela discussão,
o cachorro Gaspar
cantou assim:

A canoa virou
Por deixá-la virar
Foi por causa do menino
Que queria pescar.

Mas eu sou um cachorro
Que sabe nadar
Foi assim que resgatei
Todos do fundo do mar!

Siri pra cá, siri pra lá,
O menino não pôde pescar!

O pai de Toninho sacudiu a cabeça pra lá e pra cá em reprovação e disse ao filho: "Eu te falei que hoje não era um bom dia pra pescar. Mesmo assim, você me desobedeceu e ainda levou seus amigos! Viu o que aconteceu? Todos ficaram em perigo!"

Toninho pensou em tudo o que aconteceu e arrependeu-se de seu comportamento. Pediu desculpas a todos e disse que nunca mais seria teimoso e desobediente, nem colocaria a si mesmo e seus amigos em perigo. Além disso, o menino aprendeu outra lição:

"Quando o mar não estiver bom pra peixe, não vá pescar!"

Ana Cristina Gluck

A maternidade despertou em mim o amor pela literatura infantil. Motivada por esse amor, fundei a editora ABC Multicultural nos Estados Unidos, país onde moro desde 1999.

Sou brasileira, de Belo Horizonte, MG. Por muitos anos, trabalhei em Nova York como *designer* gráfica e como diretora de arte. Quando me cansei do ritmo da cidade grande, comecei a escrever histórias para crianças. Fiquei apaixonada e fiz disso a minha nova profissão. Tenho livros publicados mundialmente em várias línguas.

Atualmente, moro no Arizona com meu marido, nossas duas filhas e nosso cachorro, Benny. Minha missão é incentivar a leitura e o ensino de idiomas para crianças em todo o mundo.

Conheça meus livros! @abc.multicultural e @ana.cristina.gluck

Ana Paula Azevedo

Apaixonada por desenho desde muito pequena, explorei as mais diversas técnicas artísticas e me encantei quando conheci a aquarela. Além disso, gosto de me aventurar pelo universo da pintura digital.

Sou brasileira, de Salvador, BA. Formada em *Design* pela Universidade Federal da Bahia (UFBA). Fiz intercâmbio durante nove meses em Rochester, NY, nos Estados Unidos, na Rochester Institute of Technology (RIT), onde estudei ilustração.

Atualmente, ilustro livros infantis e tenho mais de dez títulos publicados no Brasil e no exterior. Utilizando as cores, através das minhas ilustrações, busco trazer beleza e delicadeza ao mundo.

Venha ver minha arte! @anaa.ilustra

Nossa história e nossa missão

A editora ABC Multicultural foi fundada em 2013, nos Estados Unidos. Atualmente, publicamos títulos em português, inglês, espanhol, francês, alemão e italiano. Nossos livros infantis são distribuídos e vendidos em vários países, nos formatos capa comum e eBook Kindle. Nossa missão é incentivar a leitura e o ensino de idiomas para crianças em todo o mundo.

Adquira nossos livros *online*

Em todo o mundo: Amazon

No Brasil: Amazon, Americanas, B2W, Carrefour, Estante Virtual, Magalu, Mercado Livre, Shoptime, Submarino e Via Varejo

Conecte-se conosco

@abc.multicultural

@abc.multicultural

@abcmulticultural

info@abcmulticultural.com

www.abcmulticultural.com

ABC Multicultural LLC, P.O. Box 734, South Amboy, NJ 08879, EUA

Querido leitor:

Se você gostou do livro *A canoa virou*, por favor, escreva uma avaliação na Amazon. Sua opinião é muito importante para nós e para outros leitores.

Muito obrigada,

Ana Cristina Gluck
ABC Multicultural

Made in United States
North Haven, CT
06 June 2022

19908008R00022